der Liebe gewidmet

Katrin J. C. Kuhn, geboren 1982 in Ottweiler, lebt mit ihrer Familie im saarländischen Niederlinxweiler. Schon früh, seit Beginn ihrer Zeit im Gymnasium, spielt Öffentlichkeit eine immer wichtig werdende Rolle im Leben der Abiturientin: Initiatorin und Chefredakteurin der Schülerzeitung Wendalismus, Haupt- und Nebenrollen in Stücken der Theater-AG, Sologesang und Klavierspiel-Auftritte, Mitwirken im Schulchor. Erfolgreich bestrittene Wettbewerbe wie Jugend komponiert oder vielfältige Teilnahme an Symposien wie „Treffen Junger Autoren Deutschland" oder dem „Jugend Presse Kongreß" kommen hinzu. Auch die Gründung der Band DIVADEM, das Entstehen einer gemeinsamen Musik- und Videoproduktion mit Freunden, eine Dramaturgie-Hospitanz am Saarländischen Staatstheater, ein Drehbuch-Seminar und vieles mehr zeigen ihre vielfältigen Interessen.

Katrin J.C. Kuhn

Orchideen im Mitternachtssorbet

Gedichte und Erzählungen

Edition Europa

HANDSCHRIFTEN

Edition Europa Taschenbücher
EE TB 4

Die Deutsche Bibliothek - CIP-Einheitsaufnahme
Ein Titeldatensatz für diese Publikation ist bei
Der Deutschen Bibliothek erhältlich

Originalausgabe
Mai 2001

Herausgeber der Reihe: Ulrich Kuhn-Hein
Lektorat: Annette S. Schmidt
Umschlaggestaltung: Heinz W. Kuhn, St. Wendel
Fotos: Doris Hurst, Lahr
Satz: Kuhn Werbung & Design
Herstellung: Books on Demand GmbH
ISBN: 3-931773-31-0

Katrin J.C. Kuhn

Orchideen im Mitternachtssorbet

„Man muß noch Chaos in sich haben,
um einen tanzenden Stern
gebären zu können.“

F. Nietzsche

Edition Europa

prologue

krieg am schreibtisch

ratata..ratata..ratata..ratatatatatatatatata..
sie rattert wie ein maschinengewehr, harte, laute
schläge ratata..ratata..schießt buchstaben,
wörter, sätze auf das weiße papier
wie das gewehr kugeln in blütenreine leiber..
ratata..ratata. der leser liest und vor ihm
läuft eine geschichte ab
wie das blut läuft aus den wunden,
die die kugeln schlagen..ratata..ratata..
der soldat schießt um zu überleben..ratata..
der dichter schießt wörter aufs papier..ratata..
hört er auf damit bringen ihn die wörter in seinem
innern um..ratatatata..hört er auf,
bringt ihn der gegner um..rata..rata..
der gegner des soldatens ist greifbar, da er ein
anderer soldat ist, der des dichters ist unsichtbar,
der dichter kämpft sein leben lang..ratata..
wird den gegner niemals töten..rata..rata..rata..
es sei denn, er tötet sich. ratatata..ratatata..
der dichter denkt zuviel..rata..
deshalb muß er schreiben..rata..
sonst sprengt ihn das denken..rata..rata.
überlebenskrieg am schreibtisch lebenslänglich.

Sommer 1998

à la mode

audienz im drive in

die engel singen wie sirrende metallsägen
schneidend sich durch stählerne wolken
sprühen sie blaue funkenregen
aus ihren aufgerissnen mündern
erklingen schreie die den raum zerreißen
wie speerklingen durchs dunkel geschleudert.

der engel weiße zauberflügel
sind schwarz zerfetzte federn
die nicht mehr in die höhe tragen
bedeckt vom schweren ascheregen
der hölle in die sie abgestürzt
zu hoch erhoben tief der fall.

der engel dürre leiber winden sich
verzweifelt und um hilfe wimmernd
irrn sie umher in den ruinen ruhelos
das paradies verloren scheint
und einzig steht der schlangenbaum
blüht und gedeiht mit giftger wucht.

die engel schrein nach ihrem gott
vergebens, er ist längst gegangen
sitzt irgendwo an der theke einer bar
und würfelt um die galaxien
vergessen wollend daß er einmal gott war.

Sommer 1998

Wie konntest du nur Layla?

Wie konntest du nur knien vor ihm, Layla? Wie konntest du dich nur ducken, wenn er wieder brüllte? Du hast gezittert vor dem Augenblick, wenn er nach Hause kam. Hast gebetet, daß er auf dem Weg an Herzinfarkt stirbt. Wie konntest du nur erwarten, daß das Schicksal so freundlich zu dir ist? Wie konntest du dich nur vor den Spiegel stellen und versuchen die Tränen zu verbergen, damit er nicht ausrastet? hast du es nicht gut bei mir mädchen sei ein liebes mädchen und sag daß du es gut hier hast daß du es nirgends besser hättest nicht wahr mein mädchen du willst doch nicht daß... Wie konntest du nur nicken, Layla? Wie lächeln und lachen? Über seine schmutzigen Witze, erlogenen Geschichten. Er baut sich vor dir auf, verlangt dies und jenes, und du tust es, Layla. bedank dich auch schön artig mädchen ohne mich kämst du nicht weit sag bitte und danke und mach ein liebes gesicht oder muß ich erst böse werden... Wie konntest du nur so nett zu ihm sein, liebvoll, mitfühlend? Bewunderung aus Angst, Liebe aus Not? Er hat dich gebraucht, du ihn nicht, wie konntest du nur den Mut aufbringen, Dich jeden Tag erneut aufzuraffen? sei still du schlampe hör auf zu schreien wenn du nicht bald ruhig bist hör auf mit dem quatsch nimm das messer weg leg es weg hörst du leg es weg hab ich gesagt nein Layla leg es weg nicht nein nein...
Wie konntest du nur so lange warten, Layla?

Sommer 1998

ich

ich hasse mich selbst.
oder verstehe ich mich bloß selbst nicht? habe nicht den mut zu großbuchstaben. das große i es flößt mir angst ein. es ist so dominant. so gewichtig. so wie ich nicht bin. nicht sein kann. nicht sein darf. nicht fähig bin zu sein. es ist so herausfordernd. arrogant vielleicht. selbstbewußt. eitel vielleicht. so wie ich nicht mehr bin. nicht mehr sein kann. nicht mehr sein darf. zu nichts fähig mehr. bin nicht mehr fähig so zu sein. ich zu sein. ich mit dem großen i zu sein. ich beginnt mir angst zu machen. ich sieht so klein aus. so billig. so unbedeutend. so nichtssagend. du nichtssagendes ich. fällt das ich weg. gibt trotzdem einen sinn. wenn ich wegfällt. geht das leben trotzdem weiter. wenn ich wegfalle. zeit geht weiter. ich ist der teufel. kleines ich. bringst mich um ich. reißt mir das herz aus der brust ich. ekliges ich. gemeines ich. lügnerisches ich. böses ich. dummes ich. williges ich? oh du verführerisches ich. verführerisch zum schlechten ich. grausam. ich tötet mich. ich geht nach draußen und hängt mich über die brüstung. ich lächelt irr den grünen himmel an. grasgrüner himmel. mit gelbweißen wolkenspritzern. mit betreten verboten schildern. grauer asphalthimmel. ist besser der. ist härter. mit weißen linearen wolkenfetzen. mit flugzeugen. roten. grünen. blauen. gelben. schwarzen. überholen sich alle. steiniger himmel. durchzogen von metallwolken. bahngleisen. vier nebeneinander. glänzen obendrauf. dunkles grau an den seiten. himmel mit dosen drin. zigarettenkippen. kurz. orange. dreckig. versauter himmel.

eine einzige müllhalde bist du. eine einzige dreckgrube bist du. bist du ich. voll bist du ich mit unrat. vollgestopft hat das leben dich mit schmutz. ich geht unter. droht unter zu gehen. kannst dir selbst nicht helfen ich. warum nicht? alte heulsuse. jammerlappen ich. feigling ich. bin wütend auf dich ich. warum bist du so wie du bist? warum ist ich so wie ich? geh und bring dich um ich. töte dich ich. bist unnötig ich. kotzt mich selbst an ich. machst deine welt nur unglücklich ich. geh. häng dich auf ich. unfähiges ich. unfähig zum leben. bodenloses ich. abgehobenes ich. wo sind deine wurzeln ich? wie kann dich deine welt nur lieben ich? wenn du dich selbst beginnst zu hassen. ich versteht nicht wie es geliebt werden kann. ich will raus aus sich. will weitweg fliegen. nicht in den himmel. der existiert gar nicht. ich will ins nichts. ich haßt sich. für sein dramatisieren. dramatisiert alles. sogar sich selbst. für seine leidenschaft haßt ich sich. für seine faulheit haßt ich sich. für alles haßt ich sich. haßt sich für sein handeln. haßt sich für seine art. für seine gedanken. für die inneren stürme die in ihm toben. dafür dass es so ist wie es ist haßt ich sich.
hasse ich mich.

Sommer 1998

HoneyMoon Cocktail

Die Sonne hängt
In meinem Glas
Goldnes AbendRot
Wie eine BlutOrange
Gefallen vom Himmel
Hinein in den silbernen Saft
Spritzer von Blut
Orangensaft überall
Kleben an meinen Händen
Will sie waschen in UnSchuld
Der Hahn speiht Sonnenstrahlen
Leuchtendes Unglück
Was ist das für ein Leben
Das Planeten vom Himmel holt
Ein kleiner roter FeuerBall
Schwimmt in meinem Zitronensaft
Schwimmt in meinem Magen
Wenn ich sie trinke
Werde ich glühen
Werde ich glücklich
Wenn ich sie trinke?

Sommer 1998

Gefrorenes Verhältnis

Gieriger Kuß zwischen kühlen Lippen.
Hungrige Münder die aufeinanderprallen.
Eng aneinander gedrängte Körper die wollen.
Hastige Blicke aus Angst vor Voyeuren.
Hände die entlang gleiten sich hindurch tasten.
Zwischen knisternden Stoffen.
Und glatter Seide.

Ihr glaubt euch alleine.
Der Park zu euren Füßen still und frostig.
Zu kalt für Spaziergänge.
Die Eiskristalle die den Pavillon bedecken.
In dem du mich betrügst.
In den der Wind kalt hinein fährt.
Der euch frösteln macht.

Und wenn euch niemand sehen mag.
Ich sehe eure Lust.
Und wenn euch niemand hören mag.
Ich höre ihr verzerrtes Lachen das ich hasse.
Es wird verstummen bevor das Eis geschmolzen ist.
Genießt eure Scheinheiligkeit zum letzten Mal.
Denn morgen wird der Schnee euch begraben haben.

Sommer 1998

DenverDialog

Fünundzwanzig Tote in Denver
Sage ich
Macht mir nichts aus
Sagst du
Lasse es nicht an mich heran
Könntest du sein
Sage ich
Na und
Sagst du
Gut daß ich nicht in Denver wohne
Kann denn wer was dafür
Wo er wohnt
Frage ich
Dich nicht denn du zuckst
Mit den Schultern
Hast die Bilder gesehen
Ostern und Fahnen in Köpfen
Ohne Körper in der Ferne
Gesehen hast du
Prahlst du
Der ja alles nichts ausmacht
Schön für dich
Denke ich
Ließe es uns alle kalt
Würde es bald Bomben schneien
Nicht nur dort
Auch hier.

Sommer 1997

Floralismus

Gärtner bin ich in meinem Glashaus
Das besser aus Granit wäre als aus Seide.
Pflanze Blumen leuchtend rot und grün
Damit das Blühen am Leben bleibt
Gieße und hege ich sie täglich.
Doch es scheint schwer zu überleben
Wenn so viel saurer Regen fällt
Der alles mir zunichte machen will.
Positiv Denken Dünger sollte helfen
Tut es jedoch nicht immer.
Gegen den bittren Frost von draußen
Hilft das hellste Lachen nicht.
Sollte besser Kartoffeln pflanzen
Die tief im Dunkeln wachsen
Statt Orchideen.

Sommer 1999

la nature

Windhauch über der Steppe

Die Hitze ist schier unerträglich.
Die Luft flimmert.
Das grenzenlose Blau des Himmels
sticht in den Augen.
Kein Wind regt sich.
Alles scheint erschöpft
und kurz vor dem Verdorren.
In den wenigen Schattenplätzen
drängen sich die Wesen.
Erste Wolken ziehn von Westen heran.
Wirken wie Schafe auf einer riesigen Wiese,
mit weißem Fell und blauem Grund.
Leichter Windhauch über der Steppe,
Schatten wird kühl, Gräser bewegen sich.
Wolkenmassen ballen sich zusammen.
Ein Tier, das das Meer zu schlucken versucht.
Die Sonne verschwindet, wird gefressen
von den grauen Wolkenschafen.
Die haben sich Schmutz
auf ihr sauberes Fell geschafft.
Langsam wird der Wind stärker.
Erste Tropfen fallen, alles atmet auf,
läßt sich erfrischen,
bis zum völligen Überlaufen.
Doch der Regenguß
läßt sich nicht stoppen, prasselt herab
auf alles und jene
was sich zurückzieht in Winkel und Ecken,

um sich vor dem kommenden Unwetter
zu verstecken.
Geheimste Wünsche,
nach prickelndem Leben,
nach frischem Wind
und salziger Luft,
erfüllt.
Und das beständige Streben
um jeden neuen Tag,
das Verlangen zu Überleben
erfüllt.
Denn das kommt überall hin.

Juni 1994

Wintertag

Als die Sonne aufging,
saßen sie schon auf den Drähten,
schon im Morgengrauen
flogen sie gen Norden.
Frost hängt in der Luft,
läßt weiße Atemwölkchen steigen,
des Winters kalter Duft
läßt Blätter fallen,
Blumen sterben.
Sie kümmern sich nicht um ihn,
sie lachen und recken frech
die schwarzen Köpfe zum Himmel.
Über ihre Gesellen können sie nur lachen,
des Winters harte Schläge treffen sie kaum.
Sie schreien rauh ihr Lied hinaus
und stehlen böse grinsend,
was liegen und vergessen bleibt.
Ihr kreischendes Schimpfen
verdrängt den Gesang,
der Vögel, die bang fortfliegen,
am Himmel kreisen die Raben.

1994

HerbstRegen

Wasser prasselt auf die Felder herab
Es schlägt auf die Dächer ein
Die Erde ist voll die Erde ist satt
Von den Büschen tropft es fein.

Ich stehe im Regen und sehe in Pfützen
Grausam grinsend und klein
Wie irr lachende Gnome sitzen
Die lauthals kichern und schrein.

Des Himmels Grau reißt auf
Die Gnome grollend fliehen
Ein heller Blitz zuckt grell
Zwei Adler von dannen ziehen.

Golden leuchtet ein Feuerball
Ein Vogelschwarm erhebt sich
Und mit lautem Knall
Stürzt er sich Fall auf Fall
Auf die Felder nieder.

Oktober 1994

Warme Sommernacht

Warme Sommernacht
Kühles Windeswehen
Tierzirpen, Blätter rauschen, rascheln.
Mond enthüllt sein Antlitz
zwischen Wolkenfetzen.
Felder, Wiesen, Wälder sich verändernd
In seinem Zauberschimmer.
Mondenschein erhellt die Nacht
Vertreibt ihre letzten Schrecken.
In seinem Licht wird alles ungewiß
und verschwimmt schemenhaft,
bedrohliche Schatten werden vertraut.
Einsam singt ein Vogel sein Lied
in einem alten Baum,
gezeichnet von Jahrzehnten.
Voll Freude ist meine Seele
und des Mondes leuchtender Anblick
erfüllt mich mit glücklicher Hoffnung.

Juni 1995

Morgenstimmung

Morgen sanfter Klang
erfüllt die nachtverschlafne Zeit.
Nebel säuselt in des Talesgrunde.
Feld glänzt noch tautropfenperlennaß.
Und der Duft des jungen Tages
Zieht vom sanften Wind getragen
Hinein in den Silberwald.

Und die Pappeln rauschen im Winde.
Und der Pappeln Rauschen im Winde.
Und ihrer Silberblätter Rascheln.
Und ihrer hohen Stämme zartes Knarren.
Und ihrer hohen Stämme leises Ächzen.
Und Eisvogels Gesang in ihren Kronen.
Und dessen Flügelschlag wenn er
Von ihren Häuptern in den Himmel fliegt.

Dies ist des Morgens sanfter Klang
Im Silberwald, im Nebeltal, im Perlenfeld.
Und ist die Seelensinfonie
Der neu erwachten Welt.
Nur morgens früh im goldsamtenen Licht
Erklingen ihre zarten Töne
Hörst du sie nicht?

Juni 1996

Nachttanz

Im Licht der blauen Stunde
Als Pappeln sich wiegen,
Gleich wie ihre dunklen Schatten
Und Wolken wie Kaminrauch
Am tiefmeerfarbnen Himmel
Sich schnell bewegend
Geschieht ein Wunder.

Laß Dich vom Wind treiben
Fremder, der du nach dem Weg suchst.
Laß Dich rücklings fallen
Fragender, der du nach Antworten verlangst.
Laß Deine taubgewordnen Ohren
Das Grillenzirpen, Nachtvögelschrein
Und Käuzchenrufen hörn.

Laß Dir von der Sonne die
Von Tränen ertrunkne Seele trocknen.
Und hör die Geige spielen des Nachts
In Windesrauschen und Regenprasseln.
Und laß die blindgewordnen Augen
Zauberer und Hexentanz und Feen
Aus längst gezognen Tagen sehn.

Vergiß die Zeit, vergiß das Jetzt
Vergiß das Hier, vergiß was war
Was ist, was kommen wird.
Und lausch der wundersamen
Zaubermelodie, die von weit her
Du zu hören glaubst, in Wahrheit
Jedoch ist sie ganz nah, in Dir.

Juli 1996

Jahreswetters Zeit Quartett

Sonne weckt das Leben neu
Regen erfrischt sanft das Land
Fluß glitzert silberdiamantenschön
Wind läßt Windhauch wehen
Ist’s Frühlingswetters Zeit

Sonne brennt vom blauen Grund
Regen ist ein fortgereister Ersehnter
Fluß quält sich im trocknen Bachbett
Wind schläft unbeweglich
Ist’s Sommerwetters Zeit

Sonne spielt mit den Gezeiten
Regen peitscht das Land
Fluß tost durch die Täler
Sturm durchkämmt die Felder
Ist’s Herbstwetters Zeit

Sonne durchdringt nur wenig die Wolken
Regen verwandelt sich in Schnee
Fluß ist zu glitzerndem Eis gefroren
Wind bläst kalt und frostig
Ist’s Winterwetters Zeit

Juli 1996

Nachtweichen

Ein Himmel wie Seide
Sanft schimmernd
In hellem blauen Grau
Durchwoben ist
Der zarte Stoff
Von einem Muster
Wie marmoriert
Mit Wolkenfeldern.

Das Amulett der Himmelsgöttin
Umflort vom nächtlichen Zauber
Und milchig weiß scheinend
liegt Luna wie ein Juwel
Zwischen den Falten
Ihres ehemals Sternen
Geschmückten Kleides.

Die Zeit verrinnt lautlos
Wie Sand der rieselt
Durch gläserne Uhren
Und dünne Spuren Purpurs
Färben die schwindenden
Minuten in den Mantel Kassiopeias.

Und wenn die Zeit
Den ersten Schatten sehen läßt
Verblaßt der tiefrote Schein
Weicht Stickereien
Goldenen Lichts die verkünden
Den strahlend hellen Tag.

September 1997

Ungewetter

es regnet
es tost und stürmt
und ist gleichzeitig
so ruhig
so still
wie es niemals war
wir wissen nicht
und nie
was werden wird
es ist gut so
es gewittert
in unseren seelen
niemals aufgeben
flüstert
der himmel...

Juli 1998

Stadtwitterung

Die Tage verstreichen im Wind
Und es regnet Melancholie
Wenn der Herbst seinen Mantel nimmt
Und die Stadt verläßt
In der er wohnt mit seinen drei Geschwistern.

Dort herrscht das Chaos
Sie werden sich nie einig werden
Alle vier sind sie viel zu verschieden
Manchmal bebt die Stadt vom Toben
Ihrer Bewohner die ewig streiten müssen.

Er fährt sich durchs bunte Haar
Raucht und bläst die Stürme hinaus
Über seine wild zerzausten Kleider
Blickt dir ins Gesicht und du fällst
Wie die Blätter in einen See aus Vergehendem.

Seine Augen glühen wie Frühlingsgrün
Das er seiner Schwester gestohlen hat
Um sie zu ärgern als sie schlief
Sie nahm dafür von seinen Tränen
Nur deshalb spielt April nun verrückt.

Die Stadt schließt niemals ihre Tore
Einer von ihnen ist immer unterwegs
Heute heißt er Herbst, morgen Winter
Lächelt dich an oder schlägt dir eisig ins Gesicht
Laß dich niemals von einem zu sehr verführen.

Sommer 1999

l’amour

Goldenes Welken

Eine Zeit lang bedeutete sie etwas.
Sie blühte auf wie eine Blume.
Schnell und stürmisch war sie.
Träge alterte sie.
Als sie zu Ende ging
War es schmerzlich und ruckhaft.
Sie tat weh wo sie vorher
Geschmeichelt hatte
Und ließ keine Ruh
Liebe, das war es.

Januar 1995

Jubilatio

Die Knospen treiben an den Bäumen
Der Blätter grünes zartes Wesen
Und läßt die Sinne überschäumen
Frühling läßt die Zeit erblühn
Als sei der Winter nie gewesen.

Juli 1996

Resumée

Es liegt nicht an ihm
Es liegt nicht an mir.
Die Liebe ist einfach gegangen
Und fort ist die Sehnsucht
Fort das Verlangen.
Wir wissen es beide
Wir sprachen es aus
Doch sind wir Freunde geblieben.
Alles hat ein Ende früher oder später
Alles hört einmal auf
So riß auch das zarte Gebinde
Das unsere Liebe war
Und löste sich langsam auf.

August 1995

Ode an die Gregorianik

Als die Nacht ihr Kleid legte
Über das Land
Bedeckte Mondenschein meine Augen
Zauber kam mit sanfter Hand
Weckte meine tauben Ohren.

Ließ mich hören
Meines Liebsten Worte
Seele und Herz betörend
An jeder Stelle, jedem Orte.

Oh geliebter Freund
Plagst mein Herz doch allzu sehr
Läßt Gedanken nicht wie sie sind
Machst mir das Atmen schwer.

Liebestaumel ergriff uns beide
Hat uns ins Dunkel getrieben
Hüllt jene in Samt und Seide
Die einander ewig lieben.

Einzger Kuß von Dir
Hat mir der Wind gegeben
Regen schmeichelte mir
Sonne ließ mich Glück erleben.

Sendest mir stumme Worte
Durch die dunkle Vollmondnacht
Wie Wolkenwunder, Sternenpracht
Unerklärliche Zeichen
Über die keiner wacht.

Und läßt uns das Schicksal
Auch taumelnd im Windesstrom
Verzweifel nicht an bittersüßer Qual
Erstick nicht am langen Warten.

Zeit kommt, rennt, fliegt vorbei
Zeit hinterläßt Spuren
Was wir heute noch versprochen
Ist morgen schon verloren.

Mondenschein, Vollmondnacht
Der Mond gelbgolden wie eine Orange
Liebster erinnere dich gerne
An unserer Liebe Pracht.

Januar 1996

Une lettre à monsieur Lune...

Habt Ihr schon bemerkt, monsieur Lune,
Die Zeit läßt einen schwindeln
Wie sie voran treibt ohne Ruh
So daß es Euch den Atem nimmt.

Habt Ihr schon bemerkt, monsieur Lune,
Daß mich die Jahre altern lassen
Ihr hingegen seid ohne Sorge
Ihr seht heute aus wie vor zwanzig Jahren.

Habt Ihr schon bemerkt, monsieur Lune,
In welch Palast Ihr wohnt
Und daß seit ewger Zeit
Ihr dort oben trohnt?

Habt Ihr schon bemerkt, monsieur Lune,
Welch Schauspiel Ihr schon sehen durftet
Wieviele Akteure Ihr schon gesehen
Die kamen und gingen und kommen und gehn.

Habt Ihr schon bemerkt, monsieur Lune,
Wie groß meine Liebe ist
Zu Euch, der Ihr so unerreichbar und fern
Wurdet noch nie von einer wie mir geküßt.

Habt Ihr schon bemerkt, monsieur Lune,
Ihr werdet dort droben ewig einsam sein
Auch wenn Euch viele huldigen
Ihr, monsieur, bleibt allein.

Juni 1996

Versprechen

Sanft will ich zu dir sein
Wie ein Windhauch
An einem lauen Sommertag
Will ich streichen zart
Einem Lufthauch gleich
Berühren dein Gesicht
Mit Engelsflügelschlag
Und küssen deinen Mund
Mit luftgen Lippen zart
So will ich zu dir sein
In meeresblauen Nächten
In glückgoldenen Stunden
Und auch im tobend wilden Sturm
Will ich dich lieben
Heute gestern und in Ewigkeit.

Juni & Oktober 1996

Die Frage nach der Antwort
oder
Wer bist Du eigentlich?

Wer bist Du daß Du mich
Dazu bringst daß ich mir
Selbst das Glück trübe?

Bist Du es wert daß ich
Vergehe fast vor Sehnen
Nach Deinem Blick und Wort?

Was tust Du daß ichs nicht
Ertragen kann zu warten
Bis Du dieses Rätsel löst?

Ich weiß nicht wer Du bist
Ich kenn Deine Gedanken
Nicht so wie ichs gern täte.

Mein Weg ist der ein andrer
Als der den Du zu gehen denkst
Nicht wissend wo er hinführt?

Was uns trennt, ists die Zeit?
Trennt nur der Ort uns
Trennt uns ein ganzes Leben?

Sag mir was ist. Zwischen
Uns beiden. Und sag mir was
Du weißt nicht was Du denkst.

Erlöse mich von meinem argen
Seelenunfrieden der mich plagt
Und schenk uns Sinnesfrieden.

Juli 1996

Timotheismus

Oh könnt ich nur verbergen
Mich in Dir in Deinem Antlitz.
Oh könnte ich mein Herz vergraben
In Deiner Brust und betten
Meine Seele in Deinen Schoß.

Oh wär ich nur ein Teil von Dir
So müßt ich niemals von Dir scheiden
So stürbe ich die vielen kleinen Tode nicht
Nie würde ich am süßen Schmerz
Der Sehnsucht leiden.

Januar 1998

sonnenscheinfee

meine sonnenscheinfee
bist du in einer welt voller nachtgespenster
strahlend hell in täglicher nacht
wie ein rettendes leuchtfeuer
am nassen strand
bist du die wunderbare
die den ertrinkenden rettet ans ufer
ihn entreißt der brodelnden see
rette mich sonnenscheinfee
entreiß mich dem wachsenden dunkel
entwirre das chaos meiner seele
schenk mir von deinem leuchtenden wesen
das immer wieder mein herz berührt
deine großen augen
die das gute suchen
in allem wie in mir
hilf mir du königin der fragensteller
das licht in mir zu finden
rette mich sonnenkind.

April 1998

Mein Liebster

Halte mich fest mein Liebster
Oh schling Deine Arme um mich
Damit es der Zeit nicht gelingt
Mich von Dir fortzureißen.

Küß mich mein ach so Geliebter
Oh schenk mir den rettenden Atem
Der mir so oft zum Leben fehlt
Auf daß ich gesunde von innerer Trauer.

Sprich doch mit mir meines Herzens König
Oh bleibe nicht stumm vor der
Die Deine Worte hören will
Wie keine andre sonst.

Liebe mich mein werter Freund
Oh sag es mir noch tausendmal und mehr
Damit ich nicht mehr zweifeln kann
Daß Deine Liebe wahr und von Bestand.

Bleibe doch verlaß mich nicht Mensch
Oh der Du mein Herz in Händen hälst
Ohne Dich ist aller Tage Nacht
Ist Leben Tod sinnlos mein Sein.

Juni 1998

margeritenorakel

erliebtmichliebtmichnichtmichliebtermich?
reißihrnurdieblätterausknickdieköpfeab
damitderabzählreimdasherzdirbricht

grünesgras die wiesen sind voll davon
liebemich oder geh wenn du mußt
küßtihrhaar und schließt die tür hinter sich

liegstdainmittenvontausendtotenstengeln
würgstamlebenweilesfallendeblütenregnet
diedirnichtsgutesprophezeienbloßschmerzen

regenregnet ständig am fenster vorbei
grauerhimmel stürzt sich in gelbe felder
regelmäßigemißverständnisse töten die liebe!

Sommer 1998

Sehnsucht

Ein letzter Blick, der Himmel schien zu glühen
und schwarze Schatten wandern,
der Himmel voller Wolken,
die scheinbar endlos ziehn.

Der Wind, ein Hauch, mehr ist es nicht
und fährt er sanft über sein Gesicht
so harrt er aus, im Regen,
nicht fähig einen Schritt zu tun.

Die Grillen zirpen, Mittagshitze
hängt noch in der Luft,
er kann nicht anders, sieht in den
Horizont, in die weite Ferne.

Sein Kopf ist voll vom Wünschen,
sein Mund ein traurig Lächeln,
er möchte schreien, doch
was bringt es ihm.

Bringt sie ihm nicht näher.
Wäre er ein Stück des Himmels,
er würde zu ihr fliegen und sehen,
was sie tut.

So bleibt nur eines ihm,
ihr einen Gruß zu senden in die Stille,
in die Weite des Himmels,
hoffend, daß er ankommt.

Juli 1995 & Dezember 1998

Divadem

Ein seltsamer Morgen, Regen der in Wogen über die
Straßen peitscht, einem ins Gesicht schlägt
und hin und her treibt
wie der Wind die Blätter im Herbst.
Vollkommenes Grau hängt über allem, rahmt alles ein
und saugt sich fest und klebt und kriecht
und dringt in Jedes ein,
was nicht schon Grau ist wird es bald sein.
Er will nicht grau sein, will es auch nicht werden,
sie weiß das, sie sieht es ihm
an seinen dunklen Augen an, tief drinnen glüht
und lebt irgendetwas,
das heraus will, nicht heraus kann, nicht heraus darf,
wieso nicht?
Er scheint recht ruhig, beinahe lethargisch, zu sanft, als
daß es da irgendetwas gäbe, was in ihm tobte.
Der Sturm, der wundert sich ob so viel Ruhe und Gelas-
senheit, angesichts seines Wütens und
nimmt doch merkwürdig blinzelnd Abstand von ihm,
der weder Schnee noch Hagel spürt.
Trotzdem aber, da ist etwas, das eilt ihn und
läßt ihn hetzen, man sieht es nicht, man spürt es kaum,
und dennoch ist es da,
sie weiß das, sie sieht es ihm
an seinen Blicken an, die er hinauswirft,
durch die Scheiben, weg wirft er sie, die goldenen Blicke,
was gäbe sie dafür, gäbe er sie ihr.
Doch wo nichts ist, da ist nichts, oder doch?

Etwas, von dem er selbst vielleicht nichts ahnt?
Wenn er nicht will, so laß ihn gehn, sagt sie sich selbst,
doch bringt es nichts,
die eigne Einsicht, Vernunft, Verstand sind leere Worte
gegen das, was in ihr lebt und was sie sucht,
so sehr und möglich ists, so vergeblich doch in ihm.
Und jedes Wort und jeder Blick, der zufällig
sich zu ihr hin verirrt, der läßt sie hoffen,
die Unglückliche, die ahnt und doch noch hoffen will,
die Zeit macht einen mürbe, vielleicht,
denn wo nichts ist, da ist nichts,
nicht doch!
Und alles Denken, Grübeln, Ändern
hilft nichts gegen die Leere,
und alles Hoffen, Meiden, Nähern
weckt ebenso nichts, wo es nichts zu wecken gibt,
da schläft nichts, da ist nichts, vielleicht nicht,
es scheint so,
doch kann sie wirklich wissen,
aus welchen Buchstaben er geschrieben ist?
Er selbst kann auch nicht sehen, welche Wörter man
in seinen Augen lesen könnte,
verstünde man die Sprache.
Und doch er sucht und will die Leere füllen,
die danach schreit, bisweilen, doch nicht mit ihr,
warum nicht?
Und wie ein Blitz soll es vom Himmel kommen,
und wie ein Wunder soll es sein, sofort, direkt, sogleich,

kein Warten, kein Stehenbleiben,
ihn, den Ruhigen, hetzt es da tief drinnen,
er will die finden, die sie nicht sein kann, wie es scheint,
weshalb nicht?
Und Wut keimt in ihr auf, Verzweiflung ob der
ungelösten Fragen und der Hilflosigkeit, mit der sie ihm
begegnet und auch der Wunsch, er würde ewig suchen
müssen, genauso wie sie leiden muß,
eine kleine Ewigkeit lang, so scheint es ihr.
Und so bemüht sie sich, zu schließen, was noch offen ist,
und es sein wollte, und sie versucht zu töten, was noch
lebt, was wächst und sich nach außen drängt,
wo es doch nichts zu finden gibt.
Nie wird er ihre Tränen zu Gesicht bekommen und
nie die vielen Worte lesen,
die auf Papier sie für ihn niederschrieb,
damit er sie verstünde.
Niemals ein Wort des Jammerns, Klagens wird
je sein Ohr erreichen,
und bleiben wird sie für ihn, was sie immer war,
obwohl sie es erfahren hat, was er noch sucht.
So nützt es nichts einen zu hassen,
der es nicht spürt,
zu meiden den,
der sich nicht nähert,
begrabe deine Blume und
laß sie wachsen morgen wieder auf neuem Grund.

Sommer 1999

Little Love Poem

I wish I was a little fish
Who's swimming in the sea.
So happy and so glad
The great ocean around me.
So deep and dark and blue
The nights as the days too.
I wish I was a little fish
Who's swimming fast to you.

I wish I was a little bird
Who's flying in the sky.
Above the trees above the hills
And never deep but always high.
No enemies no love no pain
Could fly away and back again.
My friends were only wind and sun
Had not to make decision for one.

Not so much trouble I had in my brain
Had to think about stormy weathers and rain.
Would think about gold sky
Instead of I had to cry.
Lying awake in my bed
Waiting for another day.
Wishing I could really fly
Would it do and tell Bye Bye.

Sommer 1999

Kalliope und Verlaine

Der Dichter im schwarzen Mantel hat helles Haar, doch seine Augen sind grau, nicht wie sein Herz, nicht wie seine Gedanken. Seine Hände haben viel zu schreiben und oft schweift sein Blick umher, er sieht so ruhig und schweigend aus, so groß und unnahbar, doch das ist er nicht. Kalliope, die Schöne, verfolgt ihn ständig, doch er weiß es nicht. Sie ist ein Engel mit Sehnsuchtsaugen, gekommen um dem Denker zu geben, was er schon so lange sucht. Und dann sieht er ihr Lachen und hört es und kann es nicht in Worte fassen, nicht wie sonst aufs Papier bannen. Die Feder sträubt sich, die Hände zittern ihm. Es scheint, als sei der Dichter verliebt, gefallen in Kalliopes Augen und gestürzt in ihr Lächeln. Da hilft es nur, atmen zu lernen wie ein Fisch oder zu fliegen wie ein Rabe, damit das Fallen nicht im Bodenlosen endet. Und er setzt sich still ans Fenster und betrachtet sie unter den anderen und läßt sie nicht mehr aus den Augen bis es Nacht wird. Und das Wunder wird geschehen.

Sommer 1999

Yesterday is here

Die Nacht ist schwarz
Und einsam wenn sie es sein soll
Geh nicht durch goldne Wälder
Nachts wenn es stürmt
Dein Herz könnte fortfliegen.

Auch Du wirst mich verlassen
Irgendwann wird der Wind
Allzu heftig wehen wird die Zeit
Und Dich davon treiben
Wie die Wolken ins Endlose ziehen.

Ich gab Dir mein Herz
Irgendwo drinnen in Dir
Schwebt es wohl noch
Und nichts kann das vertreiben
Was einst gewesen ist

Du weißt, ich liebte Dich.

Dezember 1998 & August 2000

Lizardian

Wenn der geht
Den sie den
Eidechsenkönig
Nennen
Wird sie nie mehr
Ihr Herz
Gen Himmel
Hängen.

Wenn der geht
Der sie zum
Lachen bringt
So oft
Und sie erzittern
Läßt
In dunkler Nacht
Vor Glück.

Wenn der geht
Der der Erste ist
Der der Einzige ist
Wird auch das
Letzte gehörnte
Flügeltier
Zum Toten Pferd
Werden.

November 2000

cauchemars

Mondenschauer

Woher kommt die Todessehnsucht,
die mich kalt umfängt, mir mit ihrem
eisgen Atem jeden Lebenswillen nimmt.
Woher kommt des Himmels ach so lockender Ruf,
der mich überall zu jeder Stunde horchen läßt.

Dunkle, tiefschwarze Nacht und im Zimmer
drinnen Hitze, ein Mirakel hält mich wach,
läßt mich dösen, träumen, meinen Körper
unruhig von der einen auf die andre Seite
wenden und mich aus tiefster Seele sinnen.

Türe, die sich selbst geöffnet hat, läßt einen Strahl
Mondenlicht hinein, silbergrau und
nach mir suchend findet mich und läßt einen
Herzschlag nach dem andern jagend,
dunkle Schatten zu mir ein.

Zaubermacht ists, nicht mit Verstand zu ermessen,
die nun Herr wird über meine schlanken Glieder,
sie hinausführt ohne mein Zutun, aus dem Bette,
aus dem Zimmer, durch die Türe,
wie ein Puppenspieler.

Und sie führt mich, drängend, wispernd, aus dem
Hause, aus der Stadt, zu den hohen Felsenklippen.
Zerrt mich, reißt mich mit sich fort,
einem Wirbelsturme gleich, dorthin,
wo das Land sich in das Meer ergießt.

Und mein Blick geht zu den Sternen,
ihrer ach so unendlichen Zahl,
wolln mich locken, hör sie wispern, rufen.
Wolln mir gierig meinen Willen nehmen und in den
entlegensten Fernen meiner Seele Singsang hören.

Doch der Mond mit sanftem Schimmer
hüllt mein wehrlos Wesen ein, rechte Stunde
scheint noch nicht gekommen, führt mich
durch die dunklen Gassen,
trägt mich in den Schlaf hinein.

Mit dem Morgen kam das Leben, mit dem Sonnen-
schein das Licht, lebenswillends, grade noch dem
End entronnen, schickte mich die Nacht zurück,
Mond verblaßt beim Sonnenanblick,
wartend auf die nächste Nacht.

März 1995

Totentanz der Sinne

Heute singt meine Seele nicht.
Heute schweigt mein Herz.
Heute hörn die Ohren nicht.
Heut verstummt mein Mund.
Und die Augen sehen nicht.

Draußen lebt die Welt
Im warmen Sonnenglanze.
Lebt das Leben zeitlos
Getränkt vom milden Regen
Hört das Schweigen nicht.

Seele schreit und Seele weint.
Herz klagt ohne Ruh.
Ohren wolln zerspringen
Ob des Mundes Schweigen
Und die Augen tun erblinden.

Bete schreie bitte ruf
Zu den Göttern zu den Teufeln
Mir ists gleich wenn sie nur
Helfen meiner Sinne Totentanz
Zu beenden der mich in die Irre treibt.

Doch sie hörn die stummen
Schreie die ich rufe nicht.
Türen werden vor mir
Zugeschlagen wird auf mein
Gewissen wie mit Peitschenhieben.

Süßer Schlaf der Unwissenheit
Goldenes Glück der Dummheit.
Doch Nichtwissen doch Nichtdenken
Bringt mein wildes Seelenwesen
Nicht fertig bis zum bittren Ende.

Juli 1996

Alptraum

Die Tiger schrein
In meinen Träumen
Und schwarze Orchideen
Wachsen aus dunkler Angst
Ranken und schlingen sich
Um das goldene Herz
Von dem ich hoffe
Das es schlägt irgendwo
Auch in mir vielleicht.

Da toben Stürme übers Meer
Alpträume erzählen es mir
In den Fluten sterben
Die Göttinnen der See
Meerjungfrauen winden sich
In den hohen Wellen
Reißen sich das Herz heraus
Das schon so zerrissen ist
Da die Tiger fortgegangen.

Wenn du gehen willst
So ziehe fort mein Liebster
Wenn dein Herz es dir befiehlt
Mich zu verlassen
So tue es geschwind
Quäle dich und mich nicht länger
Indem du bei der bleibst
Die du nicht mehr lieben kannst
Innerlich bist du schon fort.

Juni 1998

tod hinter goldregen

Wassertropfen
Rinnt übers
Jungfrauen
Weiß spritzt
Blutrot hinein
Ins Dunkel
Zerbrechen die
Träume aus
Reinem weißen
Glas bricht
Scherben regnend
Zerfetzen den
Schirm aus
Goldener Kindheit
Wirklichkeit rammt
Sich unerbittlich
Hinein dringt er
Ein Block aus
Tauben Gefühlen
Lebenslang erfroren
Gefroren zu Eis
Schreiendes Lachen
Über die roten Tropfen
Schweigt sie stille.

Sommer 1998

Brückenalpträume

Er ahnt es. Doch er hofft noch. Hofft, daß nicht wahr ist, was er ahnt. Daß seine Ahnungen falsch sind. Daß er lachend wird zurückkehren können. Hofft er. Er hetzt durch die Stadt. Wo wird er sie finden? Niemand weiß, wo sie hinging, als sie fortging. Doch der Abend bricht schon herein und unerbittlich wird es dunkler. Nie ist sie so früh morgens fortgegangen und hat nicht gesagt wohin. Nie ist sie so lange fortgeblieben. Sie haben ihn angerufen. Oh Gott hilf uns. Suchen wo sie ist. Wenn ihr jemand etwas angetan hat, bringt er ihn um. Diese Schweine. Laßt sie bloß in Ruhe. Ich breche euch jeden einzelnen Finger. Sie hat doch immer Angst, daß ihr etwas passiert. Oder ihm. Aber ihm wird schon nichts passieren. Er ist ja schließlich ein Mann. Alt genug. Aber sie? Sie ist stark, verdammt stark, das weiß er, aber was kann man ausrichten gegen eine Horde von geilen Kerlen? Er sieht sie schon da liegen, irgendwo im Gestrüpp, blutend und bloß, mit weit aufgerissenen Augen. Tot? Laß es nicht geschehen sein. Laß sie gesund und lebendig sein. Er hat ihr doch versprochen immer auf sie aufzupassen und zu beschützen. Er kann sich nicht vergeben, wenn ihr irgendetwas zustößt. Er will sie finden. Lachend und schelmisch auf einer Bank sitzen sehen, aufspringend, ihm entgegenlaufend. Will mit ihrem Kuß auf den Lippen zu Bett gehen, heute nacht sie in den Armen halten. Ihre Lippen. Wenn eines von euch Tieren es gewagt hat, sie anzufassen. Ich töte euch. Einen nach dem anderen. Ich werde euch so lange quälen, wie ihr sie gequält habt, bis ihr euch wünscht, ihr wärt schon gestorben. Oh wenn er sie doch niemals loslassen müßte. Seinen Engel. Wo ist sie? Er hetzt weiter. Weiß plötzlich irgendwie wo er sie finden wird. Nur wie wird er sie finden? Laß es um Himmels Willen nicht geschehen sein. Laß sie am Leben. Da treibt sich so viel Pack herum, soviel Abschaum da draußen auf den Straßen, daß es ihn krank macht. Und er kann nichts tun, um sie davor zu behüten. Dann steht er am Eingang zu ihrem Lieblingsplatz. Langsam geht er dorthin, wo sie immer stehen. Sieht sich um. Nichts. Stellt sich hin und läßt den Blick aufs Wasser fallen. Nichts. Schaut zu den Bäumen. Nichts. Er will es nicht sehen, wenn sie unter der Brücke liegt. Oder das, was noch von ihr übrig ist. Er klammert sich am Geländer fest und kann nicht unter den Bogen schauen. Da wird es plötzlich dunkel vor seinen Augen. Heh, da bist du ja! Ich habe dich gesucht. Ihre Hände halten ihm die Augen zu. Er dreht sich um, packt sie und wirbelt sie herum. Sie lacht. Ihr silberhelles Lachen. Wo warst du nur? Hier, mein Liebster! Laß uns nach Hause gehen.

Sommer 1999

Schläge Aus Schweigen

Verschließ Dich Nicht
Hinter Eisigem Schweigen
Rede Mit Mir
Verbirg Dich Nicht Länger
In Wortloser Wut
Sprich Mit Mir
Sieh Mich An
Du Elender Sadist
Mit Deinem Blick der sich
Mir Ins Herz Frißt
Quälst Mich Mit Lust
Indem Du Mich Hängen Läßt
Ohne Flügel Hilflos
Rudernd Ins Bodenlose
Schlag Mir Ins Gesicht
Mit Worten
Diese Stille Schmerzt Mehr
Als Jeder Schrei.

Sommer 1999

30.07.2000

Das Leben ist ein ständiges
Geborenwerden und Sterben
Der ständige Gegensatz zwischen
Freuden und Schmerzen
Das Auf und Ab allen Seins
Bringt einen um oder erhebt einen
Macht einen stärker oder tot.
Der Kampf mit den Emotionen
Die Macht der Poesie ergreift
All das was nur ergreifbar ist
Und jeden der ergriffen werden will.
Wer den Glauben an die Liebe
Verliert den Glauben an das Leben.
Es ist nicht schwer verloren zu gehen
In dieser vollen prallen weiten Welt
In der man sich dennoch so oft so leer fühlt.
Das ganze Leben scheinbar schon gelebt
In achtzehn Jahren schon gealtert
Die Todessehnsucht vergeht niemals.
Daß Flüchten Feigheit gleicht
Kümmert den nicht der gestorben ist
Um zu vergessen was ihn quälte
Die Frage ist nur wohin
Führt die Flucht bloß
Zurück?

Juli 2000

impressions
de la mer

meerwindblasen

Wind bläst über das Meer

überbläst Meer

Meer bläst über.

Meer windet das Bläst

bläst Meer über das windet.

Wind meert über das Bläst

bläst Wind über das Meer.

September 1995

Das graue Meer

Das graue Meer
Erhebt sich bald von Ost bis West
Läßt seine Wellen schlagen
Manchmal leise, manchmal laut.

Baut Wellenbrecher, Wassertürme
Spielt kreisend mit den Strudeln
Und legt tückisch Strömungen
An sanften Stränden.

Gibt Fischen, Krebsen, Muscheln
Ihr Zuhause
Mit einem Himmel
Aus weißen Gischtkronen.

Schien früher so endlos und unberechenbar
Ist es bis heute geblieben
Doch ohne Furcht pflügt ein Kahn
Durchs graue Wellenfeld.

Der Fischer ruft Ahoi
Und setzt die Segel
Er lenkt den Kahn gen Westen
Wo die Sonne sich niederlegt.

Januar 1996

Der Leuchtturm

Auf rauhen Klippen, im nassen Sand
Steht seit langem ein Leuchtturm
Erbaut den Schiffern in Seenot
Als wegweisende Hand.

Sein Dach einst glänzend schwarz
Mit hohen Wänden aus grobem Stein
Mächtig wie eine Festung oder Burg es muß sein,
Bietet den suchenden Möwen Platz.

Schon lange leuchtet sein Licht nicht mehr,
Einst hat es der Wind ausgeblasen
Als die Scheiben zerbrachen,
Quälte er die Flamme sehr
Bis sie hat leise aufgegeben.

Einst hat ein Mann den Turm bewohnt,
Dessen bester Freund war das Meer.
Doch schon seit geraumer Zeit ist er tot,
Die Wohnstuben des Bollwerks sind leer.

Die Möwen sangen ihm ihr rauhes Lied
Der Wind pfiff ihm seine Melodie
Und setzte er ein Nachen aus, aufs weite Meer
Dann war er ein König auf dem Schlachtfeld
Kapitän zugleich und sein eigener Herr.

Er lebte einsam in jenem Turm am Strand
Bis ihm das Meer ein Mädchen herantrieb
Ein sonderbar Treibgut wars, was er da fand
Er hat sie geliebt, wie nichts auf der Welt.

Ein Mädchen war sie, schön,
Wie er nie eine vorher gesehen
Daß er sie aus den Fluten rettete,
Dankte sie ihm indem sie die Sonne aufgehen ließ
In seinem Turm und die Einsamkeit vertrieb
Wie die Katze eine Maus.

Sie mochte ihn wohl, vielleicht liebte sie ihn sogar
Doch sie haßte die Stille und Ruhe
Die dort herrschten, wo kein Platz für andres war
Die unendliche Weite und das tosende Meer.

Sie hielt es nicht aus, sie bat, sie beschwor ihn
Fortzugehn, aufs Land, ein Leben anzufangen,
Wie die andren es taten und sie dachte,
Er würde sehn, es würde ihm gefallen.
Doch das, was sie haßte, das liebte er so sehr.
Unter vielen Menschen zu sein,
Fiel ihm, dem Einzelgänger schwer.
Er war der Hüter des Leuchtturms
Der und kein anderer sonst
Und so ließ er sie schweren Herzens gehn.

An dem Tag als sie ging, toste die Flut,
Der Regen peitschte das Land
Wie mit unbändiger Wut
Er trommelte und schlug auf den Leuchtturm ein.

Des Leuchtturms Hüter
Hat sein Treibgut nie wieder gesehen.
Er hätte mit ihr ziehen können
Doch das Meer ließ ihn nicht gehn.

Als er das letzte mal mit dem Nachen
Die Wellen hat durchkämmt
Da ließ ihn ein Unwetter nicht mehr zurück.

Das Meer war sein bester Freund
Und ist auch sein ärgster Feind gewesen
Der Mann ist zugrunde gegangen
An jenem mächtigen Wesen.

Heute steht der Leuchtturm noch
Doch bald wird der Wind sein Dach
Ganz abgedeckt haben.
Die Möwen, sie ziehen jetzt schon ein
Und bauen ihre Nester,
Die Dachschindeln sind bald abgetragen.

Die Mauerwände kommen zu Fall
Früher oder später reißt die Flut alles an sich
Und was von Menschen als Rettung
In der Not erbaut, verschwindet
Im Soge des Zeitstroms und des Alterns
Als sei es nie dagewesen.

Februar 1996

yopaliontu

Dunkel Scheint Die Nacht
Und Einsam Wenn Alles
Schläft Der Mond Nicht
Streut Sein Zauberlicht
Ins Düstre Tiefe Meer
Jungfrauen Tanzen
Zu Später Stunde
Klirrend Silberlachen
Bricht Sich Auf Kämmen
Der Wellen Die Steigen Auf
Und Ab In Dunkler Nacht So
Sanft Und Wild Zugleich Wie Du.

Sommer 1998

Schiffbrüchige

Ich sähe so gern
Durch mein Fenster
Das Meer
Hinter Glas rollende
Wellen türmen sich
In meinem Kopf
Sähe ich so gerne
Den Strand
Hinter der See
Fände ich gerne
Das rettende Ufer
Das ich suche
Fände ich
Mich selbst
Vielleicht.

August 1998

anecdotes

Madame Pink und der Blaufisch

Regen, Sonne, Schnee, nie konnte man wissen, was morgen geschehen würde, Leben, sein Name war Zufall, verlassen sollte man sich auf nichts und niemanden, sonst wurde man verlassen, setzte man auf rot, gewann man mit grün, aber niemals durfte man seinen Schirm vergessen, denn es hätte Sonnenstrahlen regnen können auf dem Weg nach nirgendwo...

Es regnete zwar nicht, aber das machte die Sache auch nicht besser, Bjarke beobachtete angestrengt mit zusammengekniffenen Augen die Straßenschilder im diffusen grauen Morgenlicht, drehte von Zeit zu Zeit nervtötend das Radio lauter und leiser, freute sich an den vorbeiflitzenden Leitpfosten und zählte die Staubflusen auf der Armatur, während ich angestrengt versuchte, mich auf den verflucht geringen Verkehr zu konzentrieren, der unser rostendes Boot umgab und umtoste wie das dunkle und mitleidlose Meer einen verlorengegangen Fischkutter im Sturm. Die Scheibenwischer quietschten erbärmlich und quälten sich zäh über den gläsernen Untergrund, der Auspuff keuchte und hustete wie ein an Asthma leidender greiser Bibliothekar kurz vor seinem Tod zwischen den Bücherregalen, und wir saßen da auf durchgesessenen Sitzen mit verblichenem Karomuster, das Bjarke eifrig mit orangenen und violetten Filzstiften bekritzelte.
Er drehte gerade wieder das Radio aus und griff nach der Wasserflasche in der ein Goldfisch seine engen Kreise drehte, der sich mit den Bjarke den Inhalt der schwabbe-

ligen Plastikröhre teilte. Bjarke nahm einen Schluck daraus, das mißbilligende Augenrollen des blauen Goldfisches mißachtend und wühlte in dem Karton zu seinen Füßen, nach dessen Durchsuchung er mir seufzend mitteilte, daß er leer sei und Bjarke selbst ziemlich hungrig. Ich nickte. Wenn ich das Leben von Queen Elizabeth und das von Bjarkes Magen nicht aufs Spiel setzen wollte, blieb mir wohl nichts anderes übrig, als die nächste Raststätte anzufahren, bevor mein Freund neben mir seine Flasche samt Fisch entleert hatte, sozusagen ein Fishshake zu sich nahm, denn die Straße, über die wir mit unserem Gefährt kreuzten, war in sehr üblem Zustand, und spätestens alle drei Meter grinste uns bösartig ein überdimensionales Schlagloch entgegen, in das wir in vier von fünf Fällen sicherlich hineindonnerten, weil ich mehr die Schilder als den dunklen Asphaltstreifen im Blick behielt. Ich beauftragte also Bjarke nach den Hinweisschildern Ausschau zu halten und konnte ihn gerade noch davon abhalten, in den Ausguck Schiebedach zu klettern, als das Raststättenschild plötzlich aus dem Nichts auftauchte.

Die Raststätte war schäbig und einfach, aber halbwegs sauber. An den häßlichen, viereckigen Fenstern hingen durchscheinende rote Vorhänge, und der Boden war beige gefliest. Die Frau, der ich das Geld für unseren Kaffee, Donuts und Queen Elizabeths Wasser gab, sah etwas mitgenommen aus. Reste einer Dauerwelle hingen in ihren teilblondierten Haaren, ihre grünen, leicht glasigen Augen sahen uns müde an, und ihr pinkfarbener Mund öffnete sich nur kurz um mir zu sagen, was ich zu bezahlen hatte, dann preßten sich ihre Lippen wieder zusammen. Bjarke und Queen Elizabeth sahen sich an und schenkten der Kassiererin den abfälligsten Mörderblick, den sie in ihrem Repertoire hatten, dann setzten wir uns an einen der eierschalfarbenen Kunststofftische, und ich zog die riesige Straßenkarte aus meinem Mantel. Bjarke stellte die Wasserflasche mit Queen Elizabeth darin vor sich auf den Tisch, füllte neues Wasser ein, was unsere Majestät ihm mit einem begeisterten Glucksen dankte und biß erst einmal in seine Zwanzigertüte Donuts, bevor er einen Einzelnen herausnahm und den Zucker abschüttelte. Die Frau kam hinter der Kasse hervor, goß sich einen Kaffee aus dem Automaten ein und schaltete das Radio an. Es begann nun munter vor sich hin zu quäken und erinnerte mich so sehr an Bjarkes Beschallungsattacken während der Fahrt, daß ich fragte, ob sie wohl die Güte hätte, der Geräuschkulisse ein Ende zu bereiten, da ich ihr sonst Queen Elizabeth auf den Hals hetzen würde. Madame Pink, wie ich sie kurzfristig taufte, verzog ihr sowieso schon häßliches Gesicht und grinste abfällig, zog an ihrer Zigarette und begann schallend zu lachen, so daß Bjarke sich langsam zu ihr umdrehte und sie durch seine roten Sonnenbrillengläser eisig anblickte, worauf das dämliche Gewieher nur noch zunahm.

Im Radio begann gerade jemand von einer Raststätte in der Nähe zu sprechen, die eben von zwei Typen überfallen worden war. Die Kassiererin verschluckte sich fast am Rauch ihrer Zigarette. Plötzlich still geworden sah sie uns an, horchte dem Nachrichtensprecher, und ihr linker

Mundwinkel begann nervös zu zucken, während sie Queen Elizabeth und Bjarke und mich mißtrauisch musterte. Dann fragte sie, woher wir kämen, worauf ich irgendein Wort nannte, das mir gerade durch den Kopf schoß, wofür ich Stirnrunzeln erntete.

So war das also, diese nette Person hielt Bjarke, Queen Liz und mich für gemeine Raststättenüberfaller, was erwartete sie folglich? Irgendeine düstere Großstadt als Herkunftsangabe wahrscheinlich, Verbrecher kamen immer aus irgendwelchen düsteren Großstädten, und hier waren wir mit unserer Geheimwaffe, dem gefürchteten Blaufisch, um alle Raststätten des gesamten Planeten auszuradieren. Ich ging weitere Donuts für Bjarke holen und eine Latte Macchiato für Queen Elizabeth und wartete an der Kasse, während es mir wie eine halbe Ewigkeit vorkam, die Madame Pink zu brauchen schien, um sich zu mir herzubequemen. Sie blieb dicht vor mir stehen und suchte meinen teilnahmslosen Blick, um mir beiläufig zu berichten, daß der für diese Raststätte zuständige Wachmann Marvin hieße, Triathlet sei und sicher jeden Moment vorbeischneien würde. Sie öffnete die Kasse, aber ich würdigte die kleinen blauen Scheinchen keines Blickes, im Gegensatz zu ihren um Unverkrampftheit bemühten Gesichtszügen, aber sie konnte mich nicht täuschen. Nicht mit diesem pinkfarbenen, verzerrten Lächeln, angesichts dessen der toleranteste und gutmütigste Mensch den dringenden Wunsch verspürt hätte, ihr mit einem in Trockeneis getauchten, Zement gefüllten, verstrahlten Stachelkugelfisch das Hirn aus dem Kopf zu dreschen.

Offensichtlich konnte sie meine Gedanken nicht lesen, denn sie wiederholte, daß Wachmann Marvin jeden Moment wieder da sein müsse, sie aber auch ohne ihn ganz gut zurecht käme, da die Polizei jeden Tag ihre Runde drehte, und die Jungs seien wirklich nett, worauf sie zu kichern anfing. „Ah“, dachte ich, „Das soll wohl ein Scherz sein oder eine Warnung, sie nicht zu überfallen.“ Ich zahlte, ging zu Bjarke und erzählte ihm leise, was ich dachte. Er grinste kurz und brüllte dann unüberhörbar: „Wundert mich kaum, dieser Job schreit geradezu nach Abwechslung, den ganzen Tag anderer Leute Donuts abzurechnen, klingt wirklich nicht nach Lebenserfüllung, also los, lassen wir Queen Liz auf sie los, nehmen die Kasse mit und fesseln sie an den MilchShakeMixer!“ Dann grinste er wieder sein Haifischgrinsen, streichelte die Wasserflasche und bemerkte zu spät, daß sich ihm von hinten die wütende und von Panik erfüllte Kassiererin näherte und ihm mit einer unerwarteten, blitzschnellen Handbewegung die Wasserflasche mitsamt Queen Elizabeth stahl. Sie krallte sich das Plastikding - und nun begann die spannendste Verfolgungsjagd, die die Welt oder zumindest ich je gesehen hatte: Über Stühle und Tische, um Regale und Verkaufsstände herum, zwischen Kasse und Kaffeeautomat hindurch führte die wilde Jagd, wobei Bjarke durch seinen grellgrünen, drei Meter langen Mantel genauso behindert wurde, wie Madame Pink durch ihre dreizehn Zentimeter hohen High Heels, mit denen sie trotzdem erstaunlich schnell über Tresen und Kochplatten hechtete. Queen Elizabeth wurde dabei so durchgeschüttelt, daß sie sich einen Schluckauf holte, dessen glucksende Laute man bis zu meinem Tisch hören konnte. Während sie hintereinander herhetzten, warfen sie sich allerlei Gemeinheiten und herumstehende Kleinigkeiten an den Kopf, die unter anderem eines von Bjarkes Sonnenbrillengläsern zertrümmerten und der Kassiererin ein taubes Ohr bescherten. Mindestens eines. Auf einmal schrie sie, wer denke, sie mit so einem bescheuerten, mickrigen Winzling von Fisch beeindrucken und bedrohen zu wollen, der müsse schon ganz schön durchgedreht sein. Da blieb Bjarke plötzlich keuchend stehen. "Oh nein!" flüsterte er leise. Auch die Kassiererin blieb plötzlich stehen, starrte auf die Wasserflasche in ihrer Hand, und ich konnte zusehends beobachten, wie sich ihre Augen mehr und mehr weiteten, fast aus den Höhlen zu treten schienen, als sie sah, daß der ehemals kleine blaue Goldfisch immer größer wurde, seine Farbe von Blau in Grellrot wechselte und sie mit teuflischem Blick anstarrte. Jedoch die Flasche schien sie einfach nicht loslassen zu können, sie krallte sich vielmehr an ihr fest und glotzte wie hypnotisiert auf Queen Elizabeth, die bald die ganze Flasche zu füllen begann und doch immer noch wuchs und wuchs und wuchs...

Die Explosion war gigantisch und fürchterlich zugleich, als wirbelten tausend Sterne und Planeten durcheinander, wild hin und her geschleudert in einem riesigen Cocktail-Shaker, der ganze Kosmos auseinandergerissen in winzige, verrücktspielende Teilchen, die sich um sich selbst drehten und wie irre geworden herumhopsten, zerberstendes Eis messerscharf fliegend wie purzelnde Schmetterlinge in einem Himmelsterrarium, die Welt drehte sich um, stülpte ihr Innerstes nach außen, blutrote Fetzen von Cocktailkirschen - oder waren es Dachziegel? Die eierschalfarbenen Tische zerbröselten in ihre atomaren Bestandteile und verschmolzen durch die Hitze wieder zu einem neuen Gebilde, einem verdutzt dreinblickenden Pudel, die roten Vorhänge verschmorten zu grauem Matsch, der anfing, mit der Asche der Geldscheine über das Problem von Schein und Sein zu philosophieren, während ein beißender Fischgestank sich überall unaufhaltsam ausbreitete, vermischt mit dem Duft von Kaffeebohnen. Was übrigblieb, war ein sehr großer Haufen Unrat. Chaos. Die Raststätte eine einzige Ruine, kein Stein mehr auf dem anderen, bis zur Unkenntlichkeit zermetzelte Trümmer - ein schäbiges Grab für eine schäbige Raststätte.

Irgendwo im Trümmerhaufen, über dem eine überdimensionale Rauchwolke schwebt, regt sich etwas. Es bröckelt, es fallen Steine und Geröll, und zwei Gestalten in langen Mänteln arbeiten sich aus dem Scherbenfeld heraus, der eine trägt eine Sonnenbrille mit einem einzigen roten Glas, der andere hält die Reste einer Straßenkarte in der Hand. Sie klopfen sich den Staub von den Kleidern, bleiben kurz stehen auf dem Berg unter ihren Füßen, steigen schließlich hinab auf die Straße, die immer noch daliegt wie ein ruhiger, kalter, grauer unbewegter Fluß.
„Sie hätte Queen Elizabeth nicht beleidigen sollen." sagte Bjarke, „Sie hätte schweigen sollen."

Für C.

Februar 1997 & Oktober 2000

Der Tiger und die Meerjungfrau

Irgendwann einmal, genau läßt sich das nicht mehr bestimmen, genauso wenig wie sich der Ort mit Sicherheit festlegen läßt, so daß es eigentlich heißen muß, irgendwann und irgendwo, vielleicht an der Küste Borneos, vielleicht aber auch an einem Ort mit einem anderen Namen, gleichgültig wie er geheißen haben mag, es muß ein Ort gewesen sein, an dem noch Wunder geschehen konnten.

Ein Ort, an dem es ein Meer gab, so smaragdgrün, bisweilen überfließend in ein sanftes Türkis oder gar Himmelblau mit weißen, glitzernden Schaumkronen. Ein lebendiges, bevölkertes, volles Meer, so weit, unüberschaubar und scheinbar endlos wie der Himmel über ihm. Dazu ein recht warmes Meer mit sanften Wellen die sich immerfort auf einen Strand fallen ließen, so weiß glänzend vor dem faszinierenden Dunkel des Dschungels. Von außen ein undurchdringliches Gewirr von ineinander geschlungenen, sich wieder teilenden, rankenden, wachsenden und schlingenden Pflanzen in den verschiedensten Farben, herrliche Blumen wie Orchideen oder Lilien, groß, in satten Farben schwelgend, schwere Wohlgerüche ausstoßend, glitzernd vom dichten Morgenregen juwelengleich. Und allerlei Getier, das diese eigene Welt bewohnte und beherrschte. Unzählige Käfer und Spinnen, Bienen, Libellen, aber auch die zarten, kleinsten lebenden Vögel, die Kolibris, die in der Luft zu schweben schienen, Schlangen, die sich elegant um die kräftigen Stämme der

Bäume wanden... wie ein Paradies auf Erden, mit dem Unterschied jedoch, daß der äußerlich friedliche Dschungel eine Fülle von Gefahren beherbergte und genau jenes friedlich sanfte Meer sich binnen Minuten in düstere, graue Farben tauchen konnte, Wellenberge erschaffen konnte, die meterhoch in den weißen Sand hineindonnerten, tückische Strudel, die alles zu verschlingen drohten und in die Tiefe zu ziehen suchten, wenn nur der Himmel sich verdunkelte, Wolkenfelder und peitschende Stürme über sich hinwegziehen ließ und Unwetter und Gewitter ins Land und aufs Meer jagte.

Ein Paradies mit Schattenseiten. Und eines ohne Adam und Eva. Oder irrten die beiden vielleicht bloß unerkannt und einander suchend im Dickicht der grünen Hölle umher und fanden sich nicht? Wer weiß das schon. Apfelbäume gab es dort jedenfalls nicht, höchstens Granatapfelbäume, die in Ägypten als heilige Pflanzen verehrt wurden, hier jedoch nicht mehr auffielen als alle anderen Pflanzen auch. Schlangen, wie schon berichtet, gab es dafür um so mehr, genauso wie Affen, Spinnen und schließlich Tiger.

Die Tiger also, Raubkatzen, die es geschickt verstanden, sich an ihre ahnungslosen Opfer heranzupirschen, um ihnen dann hinterrücks ins zarte Genick zu beißen. Einzelgänger, Jäger und mit einem ausgezeichneten Gehörsinn versehene Könige des Dschungels. Obgleich schwimm- und tauchgewandt waren sie eher selten im Meer anzutreffen, wahrscheinlich weil sie sich dort ungeschützt und deckungslos fühlten, obwohl es eigentlich nichts gab, vor dem sie hätten Angst haben müssen. An diesem Ort, dessen Namen längst vergessen und wenn er doch bekannt, nirgends auf unseren heutigen, ach so genauen Karten zu finden wäre, gab es nämlich keine Menschen. Man hatte wohl schlichtweg vergessen, sie zu erschaffen, es hatte an ihnen nicht gemangelt, und es ist ja hinreichend bekannt, was Menschen aus Paradiesen machen. Der Gott dieses Paradieses brauchte niemanden, der ihn anbetete, ihm war das Gedeihen seines Werkes genug, er wollte es nicht zerstört sehen durch irgendeinen wilden, unbändigen Geist, der allem trotzen und sich ins Unglück stürzen wollte, ohne Sinn und Verstand, vermessen in dem Glauben, Gott zu sein sei ein besonderes Vergnügen. Durch diese glückliche Wendung also war es den schwarzgestreiften Herren des Dschungels möglich, sich ungestört auszubreiten, und doch gab es ihrer nicht zu viele, denn an jenem Ort regulierte sich das System selbst, es gab niemanden, der dachte, er müßte etwas, von dem es, im Augenblick gesehen, zuviel gab, ausrotten, und so wurde der Kreislauf von außen nicht gestört, es sei denn er störte sich selbst innerlich, und alles wuchs, gedieh und vermehrte sich prächtig, wild, scheinbar ungeordnet und chaotisch, so eben auch die Tiger. Am Strand waren sie hingegen des öfteren zu finden, wie sie majestätisch dahinschritten, durchs Unterholz am Rande des Dschungels streiften, wachen Auges und scharfen Sinnes ihre Umgebung genauestens wahrnehmend. Große, geschmeidige, glänzende Katzen, scheinbar verspielt, wenn sie sich im warmen Sand wälzten oder sich die tropische Sonne aufs goldgelbe Fell scheinen ließen, doch stets bereit zum Sprung, zum Angriff, zur Jagd. Diese gewaltigen, unzähmbaren, gefährlichen Herren ihrer grün schillernden Welt, an deren Rande das weite, launische Meer wartete, in dessen glitzernder Fläche sich ihre prächtigen Leiber spiegelten.

Genauso wie die Tiger Könige des Dschungels waren, herrschte in den unergründlichen Tiefen des Meeres ein Volk, das Meerleute genannt wurde. Diese Meerleute waren uns nicht ganz unähnliche Wesen, die allerdings statt Beinen einen Fischschwanz besaßen, bedeckt mit glänzenden Schuppen, der es ihnen erlaubte, sich so schnell und gewandt durch die tiefen Wogen des Meeres zu bewegen wie die Fische um sie herum. Im Gegensatz zu den Menschen konnte das Volk der Meerleute auch unter Wasser leben, wenn es ihm gefiel, sein ganzes Leben lang ohne einmal zur Wasseroberfläche aufgestiegen zu sein. Die Meerleute waren ein recht großes Volk, das sich im Meer tummelte, und sie besaßen ihre eigenen Städte, Gesetze und Angewohnheiten. So schwammen sie beispielsweise höchst selten hinauf zur Wasseroberfläche und zum Strand, nicht zuletzt aus Angst vor den Tigern. Diese Angst oder auch der Respekt vor diesen Tieren hatte im Laufe der Zeit so zugenommen, daß normalerweise niemand mit Vernunft sich aus den verborgenen Tiefen des Ozeans bewegte, und man nur noch die Legenden vom blauen Himmel, dem weißen Strand, dem Gewirr des Dschungels und schließlich den Tigern erzählte. Irgendwann aber wurde eine Meerjungfrau geboren, die von Beginn ihres Lebens an anders war, als Großteile des Volkes um sie herum. Als sie älter wurde, begann sie sich viele Gedanken zu machen über das Leben, die Liebe und natürlich auch den geheimnisumwobenen Dschungel, sie stellte viele unangenehme Fragen, vor allem nach der Meeresoberfläche, die so weit und fast unerreichbar schien und zu der man ihr verboten hatte, hinaufzuschwimmen. Bald bekam sie die Abneigung der anderen Meerleute zu spüren, die sich durch ihr ständiges Nachdenken, ihre Ernsthaftigkeit und Diskussionen gestört fühlten. Sie hatten den Gedanken an den Strand aus ihren Köpfen zu verbannen versucht und die ihr grausame, übertriebene Geschichten über die vermeindlichen Greueltaten der Tiere und besonders der Tiger erzählt. Doch sie glaubte ihnen nicht. Bald stellte sie fest, daß ihr die Schwärmerei und Begeisterung ihrer Freundinnen für das andere Geschlecht fremd war. Sicherlich verliebte sie sich einige Male, aber es schien ihr bald so, als seien alle, denen sie für gewisse Zeit ihr Herz schenkte, unvollkommen und unfähig das Ausmaß ihrer Liebe zu erfassen, zu würdigen und zurückzugeben. Sie verstanden sie nicht und fühlten sich überfordert von der eigenen Art der Meerjungfrau. Und dazu kam ihre unbändige Sehnsucht nach der Meeresoberfläche, nach dem Land, nach jener geheimnisvollen Fremde, in die sie sich nur allzu gern begeben würde. In ihrer Phantasie stellte sie sich vor, daß dort derjenige zu finden wäre, den sie hier unten in den Tiefen des dunklen Wassers nicht zu finden vermochte, außer in den Träumen ihrer dunklen Nächte.

Es war eine laue, windstille Nacht, als sie beschloß, es zu wagen. Sie verließ die Stadt, kehrte dem gewöhnlichen Leben den Rücken und machte sich auf die Reise zu sich selbst. Sie schwamm immer zu in die Höhe, mit leichten, schwingenden Bewegungen, vorbei an bunten Korallenriffen, an grauen Haien, an Seepferdchen, an Tintenfischen, Katzenfischen, Seesternen, Muscheln, Seeschnecken, Krebsen, tauchte ein in das ganze unfaßbare Leben des Ozeans und bewegte sich stetig in die Höhe, als leite sie eine unsichtbare Macht, die sie in die gewünschte Richtung führte. Es schien ihr ein halbes Leben vergangen, bis sie bemerkte, daß das Wasser über ihr heller wurde und einen silbrig glänzenden Schimmer bekam. Sie kämpfte sich durch die letzten Wogen und durchbrach schließlich die schimmernde Wasseroberfläche mit einem leisen Schrei des Entzückens, um gleich darauf wieder ins Meer zurückzufallen, erschrocken über die Andersartigkeit außerhalb der schützenden Wasserhülle und geblendet durch das glitzernde Licht des weißen Vollmondes.

So ließ sie sich anfangs mit geschlossenen Augen auf der Wasseroberfläche treiben, das leuchtende Meer umspülte ihren silbrig schimmernden Körper, kleinste Wellen brachen sich an ihrem schlanken Leib und trieben ihr Haar hin und her wie Algenstränge. Ihr langes, dunkles Haar, in dem allerlei Muscheln und Tang sich verfangen hatten, und das sie umgab wie ein dichter Schleier weichen Stoffes, solange sie sich im Meer befand. Sie genoß das Streicheln des Windes, wenn er sanft über sie hinwegfuhr, und irgendwann traute sie sich doch, die Augen weiter zu öffnen und betrachtete mit großem Staunen die neue Welt um sich herum. Sie sah nun auch, daß die Wellen sie an den Strand zu tragen drohten, doch seltsamerweise hatte sie keine Angst. Sie hockte sich schließlich auf einen Felsen, ihr nasses Haar legte sich in dicken Strähnen an ihren Rücken, wandt sich um ihre Schultern und Arme und reichte hinab bis zu ihrem glänzend schimmernden Fischschwanz. Mit großen, dunklen Augen betrachtete sie die neue Umgebung, die so fremd und gefährlich aber gleichzeitig auch lockend und verführerisch auf sie wirkte. Sie legte sich auf den Rücken und betrachtete den vollen Mond, der sein Licht auf die Weite des Meeres und das wirre Geflecht des Dschungels fallen ließ. Sie setzte sich rasch wieder auf, um den Dschungel genauer zu beobachten, blickte zum Meer, aus dem sie aufgetaucht war, und ein leichtes Lächeln legte sich auf ihren Mund.

Ganz versunken in diesen Anblick sah sie ihn zuerst nicht, doch er hingegen sah sie genau, kauerte im Randgehölz des Dschungeldickichts und beäugte sie nachdenklich und gespannt. Er war ein Schatten im Dunkel der Nacht und schlich leise immer mehr vor, die schlanke, in Silber getauchte Gestalt auf dem Felsen nicht aus den lauernden Augen lassend. Sein Blick ließ sie erstarren inmitten ihrer Bewegungen, sie saß steif und gebannt von diesem Blick da, der so eindringlich war und nur ihr zu gelten schien. Er pirschte sich immer näher an sie heran, und obgleich sie ihn schon gesehen hatte, war sie doch unfähig, irgendetwas Entscheidendes zu tun. Dann hielt er plötzlich inne und tauchte aus dem schützenden, ihn verbergenden Rande des grünen Gewirrs hervor. Da bemerkte sie zum ersten Mal, wie groß er war. Er war vollkommen weiß, nicht wie die Tiger der Legenden, die die Meerleute als mittelgroße, schwarzgestreifte Katzen beschrieben. Er war weiß und glänzte im Licht des Mondes, und sie war verzaubert von der Erhabenheit und Macht, die er ausstrahlte. Ein König wahrlich, der da in seinem Reich thronte und gewaltige Schönheit und Kraft in sich vereinte. Er setzte sich in den Sand, blieb aber am Rande des Dschungels und sah sie an. Sie war zu keiner Bewegung mehr fähig, saß da, reglos an den glatten, nassen Felsen geschmiegt, erstarrt geradezu und war gefangen von seinem Blick. Sie, die einen aufbegehrenden und nicht zu bändigenden Willen ihr Eigen nannte, die sich nie etwas sagen ließ, wenn sie davon überzeugt war, daß ihre Ansicht stimmte, sie, die sie trotzig und starrköpfig sein konnte und sich nicht anpassen wollte, wurde still beim Anblick des weißen Tigers, der nichts anderes tat, als dazusitzen, sie anzusehen und zu warten. Er grub die Pfoten in den weißen Sand unter ihm und legte den Kopf darauf, sie nicht aus den Augen lassend. Nun kam ein starker Wind auf, er blies in kraftvollen Böen, blies Wolken über den Nachthimmel und kündigte ein baldiges Gewitter an. Ihr wurde kalt, das Meer schlug immer höher an den Felsen, und der Wind fuhr ihr ins feuchte Haar und peitschte es ihr bald ins Gesicht und bald an den Rücken. Erste Regentropfen begannen vom Himmel zu fallen, und da erhob sich der Tiger langsam und würdevoll und trat einen Schritt vom Rande des Dschungels fort. Doch plötzlich zuckte ein greller Blitz über das mittlerweile wild gewordene Meer, und die Meerjungfrau erschrak und schloß kurz die Augen. Als sie sie wieder öffnete, sah sie nur noch einen zwischen den Bäumen des Dschungels davon huschenden Schatten, Farnwedel die sich rasch schlossen, und das Gewitter brach über ihr aus.

Sie vermochte später nicht mehr zu sagen, wie sie zurück zur Meerstadt gelangt war, aber sie wachte tatsächlich dort auf, verwirrt und leicht orientierungslos und neugierig beäugt von den Meerleuten. Keiner ahnte, was ihr geschehen war, keiner konnte sich vorstellen, daß etwas einen der ihren bewegen konnte, diesen langen Weg auf sich zu nehmen, nur um an einen Strand voll lebensbedrohender Wesen zu kommen. Niemand versuchte sich in sie hinein zu versetzen und zu verstehen, was mit ihr geschehen war. So fiel sie in einen tiefen, zunächst traumlosen Schlaf, aus dem sie ruckartig erwachte, weil sie in einer plötzlichen Vision den Tiger neben sich hatte sitzen sehen. Sie verließ also ihr Lager und begab sich zum Eingang einer der vielen riesigen Meerespaläste der Stadt, in denen ein reges Treiben herrschte, wo man sich allerhand leichtem Zeitvertreib hingab, dem Tanz oder Spielen huldigte und ein wahrer Trubel ausgebrochen war, den die Meerjungfrau mit Unverständnis, wenn nicht gar Mißfallen betrachtete.

Niemand sah oder beachtete sie, niemand interessierte sich besonders für sie, so daß sie beschloß, erneut die lange Reise zu den Sternen anzutreten.

Gerade als sie sich auf den Weg machen wollte, die lärmende Stadt zu verlassen, begegnete sie einem jungen Mann, der ihr seit geraumer Zeit nachstellte, auch wenn es ihr völlig unverständlich war, da er sonst leichtere und gefälligere Gemüter bevorzugte. Doch wahrscheinlich war es gerade ihre eher abweisende, bisweilen recht schroffe und ungemütliche Art, die ihn reizte, ließ sie sich doch nicht von seinem Getue beeindrucken und versuchte ihn zu meiden. Er versperrte ihr den Weg und meinte in seiner kecken, herausfordernden Art, wohin sie zu so später Stunde wolle. Sie versuchte an ihm vorbeizukommen und schweigend das Weite zu suchen, aber er ließ sie nicht und war sogar so dreist, sie am Arm zu nehmen und seine Frage zu wiederholen. Laßt mich in Ruhe, was geht es euch an, was ich tue. Sie versuchte sich ihm zu entwinden, aber es reizte ihn geradezu sie zu ärgern. Laßt mich gehen, was hab ich mit euch zu schaffen, fuhr sie ihn an, doch er lächelte, sich überlegen fühlend und meinte, ob es wahr sei, was man erzähle, daß sie im Schlaf nach den Tigern gerufen habe und wo sie denn hin wolle, zum Strand etwa. Lügengeschichten, Hirngespinste, dummes Gerede, gab sie ihm zur Antwort und riß sich endlich los. Sie kehrte zurück in die Abgeschiedenheit ihres Heimes und wartete, deprimiert über den vergangenen Moment, trotzdem kampfeslustig gegenüber allen, die es erneut wagen würden, sie aufzuhalten.

Als sie erneut den Strand aufsuchte, brauchte sie nicht lange zu warten. Bald saß er wieder da, ihr weißer Tiger und blickte sie an. So vergingen wohl einige Male, in denen die Meerjungfrau den Strand besuchte und auf das Erscheinen des Tigers hoffte, der kein einziges Mal lange auf sich warten ließ und bald immer näher am Felsen saß, jedes Mal ein Stück weiter. Eines Nachts stand er am Rande des Dschungels und sah sie über seine Schulter hin an. Er drehte den Kopf zu den Bäumen, ruckartig und mehrmals, als wolle er sie auffordern ihm zu folgen. Sie saß auf dem Felsen und fragte sich, was er wohl wolle. Sie wußte nicht, wie sie ihm folgen sollte, denn ihr Fischschwanz, der sie im Meer so elegant und leicht überall hintrug, hing an Land an ihr, wie ein unbeholfenes, unnützes Stück, daß nicht zu ihrem Körper zu gehören schien und es ihr unmöglich machte, sich weiter, als bis in die Brandung zu begeben. Sie erinnerte sich an alte Legenden, in denen sich der Fischschwanz der Meerleute in Beine verwandelte, wenn sie es wagten, das Wasser zu verlassen. So, daß man sie nicht mehr von den Menschen hatte unterscheiden können, die damals dort gelebt hatten, wo sich die Meerleute in vergangenen Zeiten aufgehalten hatten. Das Volk der Meerleute war im Laufe seiner Generationen gewandert und früher einmal, irgendwann in grauer Vorzeit mußte es an einem Ort gewohnt haben, an dem Menschen gelebt hatten. Anscheinend hatte man sich für das geringere Übel, die Tiger, entschieden, denn die kamen wenigstens nicht auf die Idee, tief im Meer umherzutauchen und das unter Wasser lebende Volk zu stören. Doch nirgends hatte gestanden, wie es die Meerleute fertiggebracht hatten, diese Verwandlung durchzuführen, ein Wissen, was nun recht nützlich gewesen wäre, um dem Tiger zu folgen. Eine Weile wartete dieser, dann kehrte er zu ihr zurück und kam ganz nahe an den Felsen heran, auf dem sie hockte und ihn betrachtete. Er war nun nur noch eine Armeslänge von ihr entfernt und legte eine Pfote auf den Felsen neben ihren Fischschwanz. Bald folgte die zweite Pfote und schließlich reckte er den Kopf zu ihr hin und stieß sie leicht, fast spielerisch mit dem Schädel an. Sie war vollkommen verwundert über dieses plötzliche Verhalten, und ohne ganz richtig zu wissen, was sie tat, legte sie ihre Hand auf sein Haupt und streichelte ihn sacht über das seidige Fell. Schnurrend legte er den Kopf in ihren Schoß, seine Barthaare strichen vibrierend über die metallisch glitzernden Fischschuppen, und der Mond sah als einziger Zeuge und Gast der stummen Liebkosung zu, sah die anmutige Gestalt der Meerjungfrau sich über den gewaltigen, kraftvollen Leib des Tigers beugen, ihn streicheln und kraulen. Er sah, wie er sich an sie schmiegte, sie ansah, dann die Augen schloß, schnurrte und sie gewähren ließ, als sie ihren Kopf auf seinen Rücken legte.

Lange währte jenes so, daß die Meerjungfrau jede Nacht erneut durch die Wogen des dunklen Ozeans aufstieg zu ihrem Geliebten, um ihrer Liebe zu huldigen. Es waren Augenblicke tiefen, vollkommenen Glücks, voll reiner Freude und Leidenschaft, und immer wenn es Morgen wurde, schmerzte ihr Herz mit jedem Mal mehr, wenn sie wieder zurück in die Fluten tauchen mußte und ihn am Strand zurückließ. Manchmal wachte sie auf, weil sie glaubte, in der Stadt einen Tiger brüllen gehört zu haben. Laute voller Schmerz und Sehnsucht, bei deren bloßer

Vorstellung oder Erinnerung ihr die Tränen das Gesicht benetzten. Das Leben in der Stadt wurde ihr immer unerträglicher, erschien ihr immer sinnloser, ihre täglichen Versuche, die sich dehnende Zeit zu verkürzen, wurden für sie immer anstrengender und mühsamer. Sie hoffte, daß es Nacht werde und sie den Weg wagen konnte. Vor den anderen Meerleuten die Fassade normalen Lebens aufrechtzuerhalten, erschien ihr bald unerträglich, und tagsüber versank sie oft in langwährenden Depressionen, ließ sich fallen in Träume und Erinnerungen, weinte beim Gedanken an ihres geliebten Tigers Blicke und verging fast vor Sehnsucht nach ihm. Wären da nicht die Nächte gewesen, wäre er nicht jede Nacht leibhaftig da gewesen , um ihre Sehnsucht zu stillen, die immer mehr wuchs mit jedem Moment ihres Zusammenseins, wäre sie sich des Gedankens nicht bewußt gewesen, daß er, dem sie ganz und gar verfallen war, auf sie wartete, sie hätte wohl keinen Sinn mehr in ihrem Leben gesehen.

Und wieder wurde es Nacht. Doch diese Nacht war anders. Sie war seltsam still, alle Geräusche gedämpft und doch war sie gleichzeitig quälend laut, voll vom Tosen der Gefühle, die vom Grunde des Ozeans zum Dschungel unter der unendlichen Weite des Sternenhimmels geschickt wurden. Dies schien sich auch auf das Wetter ausgewirkt zu haben, ein Sturm war aufgekommen und tobte über dem Meer, fuhr in den Dschungel, wirbelte wie ein riesiger Besen in dem sonst so unerschütterlich wirkenden Geflecht und durchkämmte Meer wie Land. Regen prasselte vom Himmel herab, schlug auf alles ein, was nicht rechtzeitig Schutz zu finden vermochte. Meterhohe Wellen brachen sich donnernd an den Klippen des bald schmutzig grau wirkenden Strandes, strudelnd sog das Meer bald an vielen Stellen alles in die Tiefe, rettungslos verloren, was in seine Macht geriet, als breche der Himmel über der Welt zusammen. Die Meerjungfrau aber trug das Meer wie eine kostbare Last fast wie von selbst an seine Oberfläche, um sie herum tobten die Elemente, doch es schien, als könnten sie ihr nichts anhaben, als sei sie eingeschlossen in eine schützende Hülle, die sie an den Strand trug und in den nassen Sand bettete. Sie war vollkommen zerzaust, mit wirrem Haar, und ihr Körpers bebte, da ihr Innerstes, sie mehr erschütterte, als alle Naturgewalt um sie herum. Da lag sie, nackt und bloß und so vom Sehnen gepeinigt, daß sie der Ohnmacht näher war, als dem Leben. So erschöpft bemerkte sie auch nicht, daß ein gutes Stück vom Strand entfernt der junge Mann vom Meer hin und her geworfen wurde und alle seine Sinne benötigte, um nicht unterzugehen. Er war ihr gefolgt, heimlich, still und ohne daß sie ihn bemerkt hatte.

Mehr um der Neugierde willen, als wegen ihr, hatte er sich ebenfalls auf den beschwerlichen Weg gemacht, für ihn um so mühsamer, da ihn das Meer nicht willkommen hieß und mit Vorzug behandelte, sondern mit ihm grausam spielte und ihm keine Ruhe ließ, als wolle es ihn für seine Neugierde bestrafen. Als er sich endlich an eine der Klippen gerettet hatte, mußte er alle Kraft aufwenden, nicht fortgeschwemmt zu werden. Dann sah er den Tiger. Der

Tiger seinerseits sah ihn ebenfalls. Es gab nichts, was ihm entging, und er roch die Anwesenheit des Fremden durch alle Gerüche des wilden Sturms hindurch. Die Augen des Tigers wurden schmal, sein Körper spannte sich an, sein Jagdinstinkt erwachte, ein Eindringling in seinem Reich, ein unerwünschter Fremdkörper, der beseitigt werden mußte. Der Tiger fixierte ihn mit einem Blick, dem sich der Meermann nicht mehr entziehen konnte. Er war starr vor Entsetzen, sah die kalte Mordlust in den Augen des Tieres und die Entschlossenheit, mit der es vorging. Er hing an seinem Felsen, klammerte sich an ihn und wünschte gleichzeitig in den Tiefen der Fluten versinken zu können, in die ihm das Tier wohl nicht folgen würde. Dachte er. Der Tiger sprang schneller, als der Meermann reagieren konnte und schlug ihm die gewaltigen Zähne in den Hals. Sofort darauf hielt er in seinem Tun inne, drehte den Kopf und sah sie. Sie lag da im weißen Sand und rief ihn. Streckte die Hand aus in seine Richtung und rief. Der Tiger bedachte sein Opfer mit einem kurzen Blick, setzte zu einem gewaltigen Sprung an und hetzt über den Strand zu seiner Liebsten.

Sie hebt die Hände, klammert sich an ihn, und so trägt er sie auf seinem Rücken hinein ins tiefe, undurchdringliche Dunkel des Dschungels, während der Sturm immer furchtbarer wird. Ihr langes, dunkles Haar, das im Sand schleift, ihre zierlichen Arme, die sich um den Leib des Tigers schlingen, ihr silbriger Fischschwanz, von dem das Wasser ins Fell des Tigers rinnt, ihre weit aufgerissenen Augen, die ihn sehen, alles sehen, in denen sich ihre

Seele widerzuspiegeln scheint. Das ist das letzte, was der junge Mann sieht in seinem Leben, bevor er das Bewußtsein verliert und sein Blut sich mit dem Meer vermischt, das ihn aufnimmt, wie die Regentropfen, die vom Himmel fallen und ihn zu dem machen, was er war, bevor er wurde, was er jetzt bald nicht mehr sein wird.

Für T.

24. Mai 1998

epilogue

Gesang eines vergessenen Poeten

der fidler/der mit festgefrornem dankeslächeln/
wie zu eis erstarrt/und perlen vor die säue
werfend/sein lied erklingen läßt/der sitzt des
abends/tot aber glücklich/mit seinen durch gnad
erworbnen münzen/bei weib und kindern/die ihm
mit hungerndem funkeln im blick/die frage
stelln/obs reicht/fürs abendbrot des tages/der den
fidler hat hart werden lassen/so daß sein spiel/ist
rauh worden/und frei von jeder harmonielehre/
die einst der meister hat ihm beigebracht.

ein gottbegnadner künstler/schreit die menge/und
wirft die hüte hoch/wirft geld ihm in den zer-
schundnen geigenkasten/und johlt und jubelt/ihm
dem/dessen eigenartges spiel/sie so entzückt zum
applaudieren bringt/das seltsam spiel/das kommt
vom hunger/vom irrwerden und/von wehen fingern
und der alternden geige/die tut was sie kann/aber
eben nicht genug/wie sie alle tun/was sie können/
aber eben nicht genug.

Juli 1996

Inhalt

cauchemars

impressions de la mer

anecdotes

epilogue

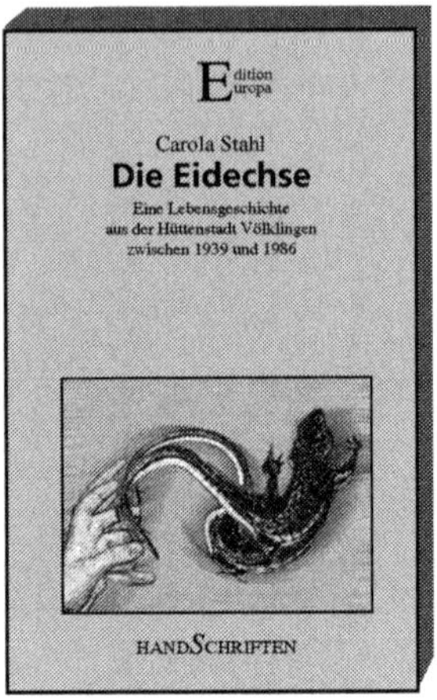

HandSchriften
CAROLA STAHL
Die Eidechse
Eine Lebensgeschichte aus der Hüttenstadt Völklingen zwischen 1939 und 1986
188 Seiten, DM 24,80
ISBN 3-931773-29-9

Die in der Rückschau erzählte Geschichte des Hüttenarbeiters Norbert Biesch in der Zeit zwischen 1939 - er war gerade sieben Jahre alt - und der Schließung der Hütte 1986, entstand in jahrelangem Austausch mit der Autorin, im Begegnen, Erzählen, Zuhören, Aufzeichnen, Korrigieren, im Erforschen seiner Person, seiner Geschichte, die seiner Stadt und seiner Gesellschaft. Die Lebenserinnerungen anderer VölklingerInnen seiner Generation, die Auseinandersetzung mit Hütte und Stadt vertieften die Recherchen.

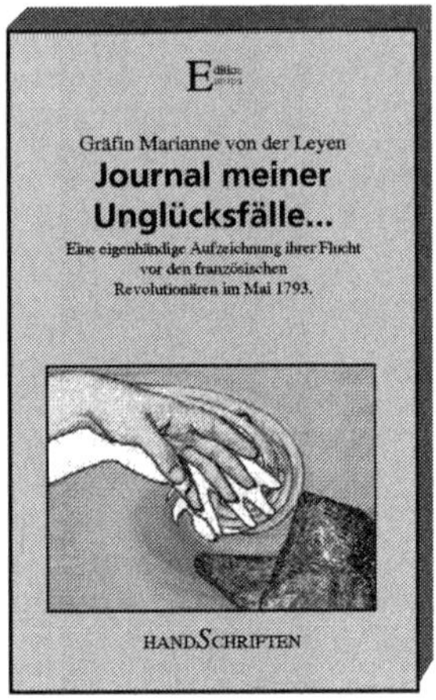

HandSchriften
GRÄFIN MARIANNE VON DER LEYEN
Journal meiner Unglücksfälle...
Eine eigenhändige Aufzeichnung ihrer Flucht vor den französischen Revolutionären im Mai 1793.
Deutsche Übersetzung und französische Originalversion
92 Seiten, DM 19,80
ISBN 3-931773-30-2

Die abenteuerliche Flucht der Gräfin Marianne von der Leyen, von eigener Hand aufgezeichnet, beschreibt ihre Geistesgegenwart, als sie vor der Verhaftung steht und sich verkleidet in Bauernkleidern durch eine List in einer zehntägigen Flucht zu Fuß auf Schloß Karlsberg im nahen Homburg retten kann. Wäre ihr dies nicht gelungen, hätte sie mit dem Todesurteil und der Guillotine in Paris rechnen müssen.
Mit einem Vorwort von Kurt Legrum, Stadtarchivar in Blieskastel.